8° Ye
8416
DÉPÔT LÉGAL
DÉPARTT DE L'EURE
No 29
1912
AF495858

LES ESCOVIENNES

Abbé H. THUILLIER

PASTORALES

I. **JEANNE D'ARC.** *Drame pastoral en trois actes* (1895). Tiré à part en 1909.
Musique de MM. Bruneau et Billaud, professeurs à Saint-François-de-Sales, à Evreux.

II. **COUR D'AMOUR.** *Saynète* en l'honneur de Monseigneur l'Evêque d'Evreux. Tiré à part en 1899.

III. **BERGERETS.** *Pastorale* en l'honneur de M. le chanoine Cresté (1900).

EVREUX

IMPRIMERIE DE L'EURE

1912

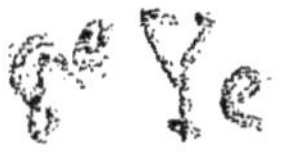

Imprimatur :

25 junii 1912.

† PHILIPPUS, *ep. ebr.*

A S. G. Mgr Philippe Meunier,

Evêque d'Evreux.

QU'IMPORTE ?

Qu'importe que la voile
Cède et s'envole au vent,
Si du fond décevant
De l'azur qui se voile
Descend, descend et vient se placer à l'avant
L'Etoile ?

Qu'importe que l'orage
Inonde les guerêts,
Les plaines, les forêts
Et partout fasse rage,
Si le Pasteur est là qui donne aux bergerets
Courage ?

Qu'importe que se change,
Au pied des malheureux
Le chemin poussiéreux
En un chemin de fange,
S'ils conservent partout et toujours auprès d'eux
Leur ange ?

Qu'importe que la berge
Se cache aux matelots,
Et que tout, sous les eaux,
Même la nef, s'immerge,
Si dans son blanc manteau, plane au-dessus des flots
La Vierge ?

1900.

A M. le chanoine O. Cresté,

Supérieur du Collège d'Écouis.

BERGERETS

PASTORALE

BERGERETS

PREMIÈRE PARTIE

Vallon de Mussegros, au bord du bois

SCÈNE I. — NARCISSE et son jeune frère GEORGET

NARCISSE

Ecoute, mon Georget. Nous ne sommes pas riches :
Il le sait, Monsieur le Supérieur. — Des fleurs
Que Dieu ne sème point au gazon de nos friches!
Y songes-tu? Comment nous en pourvoir ailleurs?
Qu'on demande au pays une simple tulipe,
L'un fronce le sourcil, l'autre vous fait la lippe,
Un autre pousse autant d'hélas
Pour une branche de lilas
Que son lilas a de fleurettes.
La tante Rosalie, — on ne peut y penser :
Ses plantes ont des étiquettes!
Et nous avons si peu d'argent à dépenser!

GEORGET

Combien lui faudrait-il, crois-tu?

NARCISSE

Cent sous, peut-être.

GEORGET

Ah! si je les avais, je les donnerais bien.
N'avons-nous pas donné pour Monsieur le Doyen
Quand il fit ses noces de prêtre!

NARCISSE

Mais, nous avions vingt sous chacun dans ce temps-là!
Et depuis?

GEORGET

Ah! depuis!... le gousset est fort plat.

NARCISSE

Nous n'en avons pas moins le cœur bon, j'imagine.
Allons! mettons-nous vite à cueillir un bouquet

(Ils cueillent des fleurs dans les gazons, allant et venant)

GEORGET

Oh! du muguet! du muguet! du muguet!

NARCISSE

Georget! de l'aubépine
Au cœur rose, plein le bosquet!

GEORGET

C'est égal, j'ai bien peur qu'une aussi pauvre offrande...

NARCISSE

Une pervenche! vois comme elle est belle et grande!

GEORGET

Soit vraiment trop modeste et ne lui plaise pas.

NARCISSE

Plus la fleur est modeste et plus elle a d'appâts.

GEORGET

(Ils continuent à cueillir quelques fleurs et parlent tout en terminant leurs bouquets)

Bien! ce n'est pas l'avis de tante Rosalie.
L'autre jour, je lui porte une simple ancolie :
Elle y regarde à peine et d'un air de dédain :
— « Tu n'as donc pas vu les doubles de mon jardin? »

NARCISSE

Pour moi, ce sont les fleurs des champs que je préfère,
Si d'autres ont des goûts plus hauts, c'est leur affaire.

GEORGET

Il est vrai que la tante avec ses *zinias*,
Ses *pelargoniums* et ses *petunias*
Et son charabia... La plaisante aventure:
Tu sais? Mon beau mouton que j'appelle Legros,
La meilleure nature
Sans mentir, du bercail et de tout Mussegros,
Elle osa l'accuser d'avoir fait sa pâture
De je ne sais plus quelle étonnante bouture,
Qui passait, paraît-il, à travers sa clôture :
Heureusement, Monsieur Thomas nia
Qu'un mouton pût manger des plantes en *nia*

NARCISSE

Et l'explication satisfit notre tante?

GEORGET

Elle en parut assez contente.

NARCISSE

Ah! Ah! Ah! Bon! Tant mieux! Voici nos bouquets [prêts.

FLEURS ET FLEURS

GEORGET (chantant)

1. *Malgré l'attrait qu'elle a dans ta pensée*
La fleur des champs est laissée aux valets;
Vit-on jamais la Richesse empressée
La recueillir pour orner ses palais?

NARCISSE (chantant)

2. *Vit-on jamais une étoile à ses lustres,*
Un jour limpide aux murs de ses salons?
Vit-on jamais sur ses tapis illustres
Le frais gazon qui pousse à nos talons?

GEORGET (chantant)

3. *C'est des jardins que viennent les corbeilles*
Que l'on admire au balcon du château :
Ce sont des flots de splendeurs sans pareilles :
J'en donnerais, ma foi! bien mon gâteau.

NARCISSE (chantant)

4. *Moi, je préfère aux bouquets de croisée*
Qu'on voit d'orgueil s'étaler et languir,
Nos simples fleurs, humides de rosée
Qui n'ont souci que de nous réjouir.

GEORGET (apercevant quelqu'un dans le lointain)

Tiens! Regarde donc là-bas sur la route.

NARCISSE

C'est Ariste.

GEORGET

Jamais! Je crois que c'est Louis.

NARCISSE (appelant)

Ariste!

GEORGET

Louis! Hé!

NARCISSE

Le voici : plus de doute :
C'est Ariste : vois-tu son veston d'Ecouis?

SCÈNE II. — LES MÊMES. ARISTE

ARISTE

Bonjour, les amis!

NARCISSE et GEORGET

Le bonjour, Ariste !

NARCISSE

Pourrais-tu nous dire où tu vas ainsi?

GEORGET

Justement ! Et les fleurs superbes que voici
A qui les portes-tu? Te mettrais-tu fleuriste?

ARISTE

C'est un secret.

NARCISSE

Vraiment?

ARISTE

Mais, vous avez aussi
Des bouquets, où la grâce à la beauté s'allie,
Vous autres : Est-ce à moi que vous les destinez?

GEORGET

C'est un secret, mon vieux.

ARISTE

Un secret qui te lie,

Toi?

GEORGET

Parles-en à tante Rosalie!
Demande-lui si je sais garder un secret.

ARISTE

Eh bien! me promets-tu que tu seras discret?

GEORGET

Bien sûr.

ARISTE (à Narcisse)

Et toi?

NARCISSE

Plus sûr.

ARISTE

Alors, je le dirai,
Mais à condition que vous direz le vôtre.

NARCISSE

C'est promis.

GEORGET

Parole d'honneur!

ARISTE

Eh bien! c'est pour fêter notre Supérieur.

GEORGET

Votre Supérieur! En voilà bien d'une autre :
Dès lors que nous l'aimons, il est aussi le nôtre.

NARCISSE

Et même, c'est aussi pour lui que nous faisions
Ce bouquet.

ARISTE

Vous riez.

NARCISSE

Mais. Pas du tout.

ARISTE

Voyons.
Connaissez-vous son nom seulement?

GEORGET

Oh!

ARISTE

A peine.
Et Lui, l'avez-vous vu de près?

NARCISSE

Autant que toi,
Ariste. Il s'est assis un jour sous notre toit,
Là, dans notre cabane, au milieu de la plaine.

GEORGET

Un de plus, elle eût été pleine.

NARCISSE

Ce jour-là, je me le rappellerai longtemps :
Le ciel soudain tout noir, la pluie à large gouttes
Etoilant le sable des routes,
Et le feu des éclairs, et les coups éclatants

Du tonnerre, éveillant au loin dans les étables,
Comme des échos effroyables
Les mugissements sourds des taureaux haletants.
Nos fleurs dans leurs manteaux d'herbe s'étaient cachées,
Et nos pauvres brebis, dans leur laine couchées,
Faisaient le gros dos au gros temps.
Comme tu sais, mon cher, je serais plutôt brave,
Max en a peur : mais moi je n'ai pas peur des loups.
Mais, vraiment, ce jour-là, le danger était grave
Et nous étions tombés tous les deux à genoux,
Suppliant le Bon Dieu d'avoir pitié de nous...

GEORGET

Et de nos agnelets si doux !

NARCISSE

Quand soudain, entre deux éclats de la tempête,
Nous entendons frapper à notre humble réduit.
Nous ouvrons. Dieu du ciel ! Voilà que c'était lui.
Je te laisse à penser si nous lui fîmes fête,
Malgré la foudre et les éclairs :
Au lieu du chapeau noir qui pleurait sur sa tête,
Il daigna se couvrir — (si nous en fûmes fiers !)
De notre chaperon de laine aux rubans verts,
A la doublure violette.
Il daigna provoquer lui-même nos concerts
Et tandis que Georget accordait sa musette,
Je me mis à chanter tout en faisant les vers :

PENDANT L'ORAGE

1. *L'orage se déchaîne*
Au loin à l'horizon,
Confondant l'orme au chêne
Et la fleur au gazon.
Dans l'azur qui se voile
D'une indicible horreur,
Vous serez notre étoile,
Monsieur le Supérieur.

2. *Redouble la tourmente :*
La cabane gémit.
Le troupeau se lamente,
Le bergeret blémit.
Mais, qu'au sein de l'orage
Paraisse le Pasteur,
Chacun reprend courage
Monsieur le Supérieur.

3. *Serait-ce pour la terre*
Le châtiment des cieux?
Les éclats du tonnerre
Se suivent furieux.
Mais, quand un père tendre
Vous presse sur son cœur,
Quel mal peut-on attendre,
Monsieur le Supérieur?

A peine eus-je fini que sa voix à son tour
S'éleva belle et pure et claire et nuancée,
Comme la voix qui sort des bois, au point du jour,
Brillante de soleil et tendre de rosée,
Et tandis qu'il chantait ses vieux chants de Noël,
Le calme renaissait sur terre comme au ciel.

GEORGET

Il est si bon avec son doux sourire,
Ses traits ouverts et triomphants
Et ses regards qui semblent dire :
Tous les enfants sont mes enfants.

NARCISSE

Avec sa voix, dont frémit notre église,
Comme frémit au souffle de la bise
Le vieux chêne du bois épais,
Et qui tantôt sait se faire si douce,
Qu'on dirait le Ruisseau de Paix
Gazouillant dans son nid de mousse.

GEORGET

L'été dernier, il me surprit
Ecrivant mon nom sur un hêtre :
J'en demeurai tout ahuri.

Mais, lui, doucement me reprit
Sans parler de garde-champêtre :
Même, il regarda mon écrit
Et voyant qu'à mon nom il manquait une lettre,
Il daigna me permettre
De l'y mettre.

ARISTE

Ainsi, vous connaissez tout aussi bien que nous,
Son cœur de père large et doux.
Venez donc : vous êtes des nôtres.
A nos cœurs, nos chants et nos fleurs, joignez les vôtres.

NARCISSE

Ne crains rien : nous serons exacts au rendez-vous.

GEORGET

Le temps de régaler nos agnelets d'épeautres
Et de les confier au bon père Leroux.

A la deuxième partie, **Au Collège,** *Narcisse, Georget, Ariste présentent leurs bouquets. Ils chantent* « Ses Enfants ». *Au refrain, ballet.*

Evreux, Imp. de l'Eure. — G. Poussin, gérant.

BIBLIOTHEQUE NATIONALE DE FRANCE
3 7502 01445254 6

www.ingramcontent.com/pod-product-compliance
Ingram Content Group UK Ltd.
Pitfield, Milton Keynes, MK11 3LW, UK
UKHW021029220726
13924UKWH00001B/208